Sergio Bambaren

Der träumende Delphin

Sergio Bambaren

Der träumende Delphin

Eine magische Reise zu dir selbst

Aus dem Englischen von Sabine Schwenk

Mit zehn farbigen Illustrationen von Heinke Both

PIPER

Alle Titel, die von Sergio Bambaren im Piper Verlag vorliegen, finden Sie auf Seite 91.

Unser Versprechen für mehr Nachhaltigkeit
• Klimaneutrales Produkt
• FSC®-zertifiziertes Papier
• Hergestellt in Deutschland

FSC www.fsc.org MIX Papier aus verantwortungsvollen Quellen FSC® C014496

ISBN 978-3-492-07132-1

Titel der englischen Originalausgabe:
»The Dolphin. Story of a Dreamer«, Sidney 1995

Illustrationen: Heinke Both
Satz: Fotosatz Amann, Memmingen
Gesetzt aus der Bauer Bodoni
Druck und Bindung: GGP Media GmbH, Pößneck
Printed in Germany

Den Träumern in uns allen

Mögen all Deine Träume sich erfüllen, Träumer;
mögen sie Dir stets Glück und Erkenntnis bringen.

Erster Teil

Die ersten morgendlichen Sonnenstrahlen brachen durch den sich aufklärenden Himmel, unter dem sich die unberührte Schönheit einer einsamen Koralleninsel auftat, wie eine Perle eingelassen in das tiefblaue Meer.

Unweit der Insel hatte sich gerade ein tropisches Gewitter entladen, und das Meer klatschte in gewaltigen Wogen gegen das Riff. Der einst so stille Ozean war in eine tobende, Gischt schäumende Brandung verwandelt. Plötzlich tauchte unter einer riesigen, fast schon brechenden Welle ein junger Delphin aus der Tiefe empor. Während er die über das Riff brandende Welle durchschwamm und mit angehaltenem Atem zwischen Wellental und Kamm balancierte, zog er eine weiße Spur hinter sich her.

Langsam wölbte sich die immer hohler brechende Welle über ihm, bis er sich an dem Ort wiederfand, von dem alle Surfer träumen: dem Tunnel.

Nachdem er die Wellenwand entlanggeschossen war, vollführte der einsame Delphin eine steile Kehrtwende und glitt dann mit einem eleganten Manöver aus der Welle hinaus.

Dann beschloss er, dass er für diesen Morgen genug gesurft hatte, und schwamm erschöpft, aber glücklich zurück in die Lagune der Insel.

Daniel Alexander Delphin und die Brandung waren unzertrennlich. Die vielen Sonnenauf- und untergänge, die er Morgen für Morgen und Abend für Abend betrachtete, und das viele Surfen, bei dem er stets jedes Zeitgefühl verlor, hatten Daniel gezeigt, dass es nichts Wichtigeres in seinem Leben gab als jene Momente, in denen er auf den Wellen ritt.

Daniel Delphin liebte das Surfen mehr als alles andere. Es war ihm in Fleisch und Blut übergegangen; und es gab ihm ein Gefühl von Freiheit. Durch das Wellenreiten konnte er auf eine einzigartige Weise mit dem Meer kommunizieren und erkennen, dass der Ozean nicht nur eine Masse sich bewegenden Wassers war, sondern etwas Lebendiges, das voller Weisheit und Schönheit steckte.

Daniel Delphin war ein Träumer. Er war überzeugt, dass es im Leben mehr gab als Fischen und Schlafen, und so hatte er beschlossen, all seine Kraft darauf zu verwenden, im Wellenreiten und in der Weisheit des Meeres den wahren Sinn des Lebens zu finden. Das war sein Traum.

Von Anfang an bescherte ihm diese Einstellung Probleme mit seinem Schwarm. Viele seiner Freunde konnten nicht verstehen, wonach er strebte.

Jeden Morgen sahen die anderen, wenn sie sich zum Fischen aufmachten, Daniel zu, wie er auf das Riff zusteuerte, bereit, sich von Neuem in die Wellen zu stürzen. Wie konnte er nur so viel Zeit mit etwas verschwenden, das überhaupt nichts zu seinem Lebensunterhalt beitrug? Es war einfach verrückt.

Als Daniel eines Abends aus der Brandung zurückkehrte, kam Michael Benjamin Delphin, sein bester Freund, auf ihn zu und fragte ihn:

»Was tust du da eigentlich, Daniel? Warum setzt du im Riff dein Leben aufs Spiel? Was willst du eigentlich beweisen?«

»Ich will überhaupt nichts beweisen. Ich will einfach nur wissen, was ich vom Meer und vom Wellenreiten lernen kann. Das ist alles.«

»Mein Gott, Daniel, viele Delphine, denen etwas an dir liegt, glauben, dass du früher oder später umkommen wirst. Auf kleinen Wellen zu reiten war ja noch lustig, als wir Junge waren, aber jetzt gehst du wirklich zu weit. Warum fängst du nicht einfach mehr Fische, anstatt ständig deine Zeit damit zu verschwenden, im Riff zu surfen?«

Daniel Delphin starrte seinen alten Freund an, und nach einem Moment des Schweigens sagte er:

»Michael, schau dich doch einmal um. Unsere Welt ist voll von Delphinen, die Tag für Tag von morgens bis abends fischen. Ständig fischen sie. Sie haben keine Zeit mehr, ihre Träume zu verwirklichen. Anstatt zu fischen, um zu leben, leben sie nur noch, um zu fischen.«

Daniel musste an früher denken:

»Ich erinnere mich sehr gut an einen jungen, starken Michael Delphin, der stundenlang auf die Wellen starren und davon träumen konnte, selbst hoch oben auf einer dieser riesigen Wasserwände zu schweben. Jetzt sehe ich nur noch einen verschreckten Delphin, der ständig fischt und Angst davor hat, seine Träume auszuleben. Was kann denn wichtiger sein im Leben, als die eigenen Träume zu verwirklichen, ganz egal, wie sie aussehen?« Er sah seinen Freund fest an. »Du musst in deinem Leben Zeit zum Träumen finden, Michael. Lass nicht zu, dass deine Ängste deinen Träumen im Weg stehen.«

Michael war verwirrt, weil er im Grunde wusste, dass sein Freund recht hatte. Aber nichts lag ihm ferner als die Vorstellung von einem Leben voller Träume. Er war schließlich kein Delphinbaby mehr, und an die Stelle von Träumen waren jetzt Pflichten getreten. War das nicht auch der Grund, warum er fischte? Was würden außerdem die anderen Delphine denken, wenn sie ihn auf den Wellen reiten sähen?

Wenn er sich an seine Zeit als Surfer erinnerte, erschien sie ihm wie ein Teil seiner Jugend, wie etwas Vergangenes.

Er hatte schon häufiger mit dem Gedanken gespielt, wieder einmal zu surfen, aber wenn er den ganzen Tag gefischt hatte, war er abends so müde, dass er immer einen guten Grund fand, es dann doch sein zu lassen.

Michael sah seinen Freund an. Er versuchte, überzeugend zu klingen:

»Eines Tages wirst du erwachsen werden, Daniel, und alles genauso sehen wie unser Schwarm. Es gibt keinen anderen Weg.«

Und damit war Michael fort.

Daniel war traurig, denn obwohl Michael sich seit der Zeit, als sie noch gemeinsam surften und immer auf der Suche nach neuen, geheimen Winkeln waren, sehr verändert hatte, liebte er ihn genauso wie damals. Er wusste, dass die Freude, die sie damals miteinander erlebt hatten, tief in seinem Herzen war, aber aus irgendeinem Grund hatte Michael aufgehört zu träumen.

Daniel tat es in der Seele weh, aber er spürte, dass er nicht mehr tun konnte, um seinem Freund zu helfen.

Er wusste, dass er auf Unverständnis stoßen würde, wenn er versuchte, sich den anderen mitzuteilen und ihnen das Freiheitsgefühl nahezubringen, das er beim Wellenreiten empfand.

Aber Daniel Delphin wusste auch, dass die Faszination jenes Augenblicks, wenn er allein inmitten der endlosen Weite seines geliebten Ozeans hoch oben auf einer Welle ritt, ihn nie wieder loslassen würde.

Er hatte beschlossen, nach seinen eigenen Prinzipien zu leben, und obwohl er manchmal einsam war, bereute er nichts.

In den folgenden Tagen und Wochen lernte Daniel viel dazu. Er verbrachte den ganzen Tag in der Brandung am Riff und vergaß manchmal sogar, eine Pause zu machen, um etwas zu essen. Und obwohl das Leben, das er gewählt hatte, ihn glücklich machte, wünschte er sich, er hätte das, was er empfand, mit den anderen Delphinen seines Schwarms teilen können. »Wenn ich nur einen Weg finden könnte, ihnen klarzumachen, welches Freiheitsgefühl mich beim Wellenreiten packt«, dachte er, »vielleicht würden sie dann begreifen, wie wichtig es ist, seinen Träumen nachzugehen.«

Aber vielleicht habe ich ja gar nicht das Recht, mich in ihr Leben einzumischen. Wer bin ich eigentlich, ihnen vorzuschreiben, was richtig ist und was falsch?

Von jetzt an werde ich einfach versuchen, selbst so gut zu sein, wie ich kann. Es gibt immer noch viele Dinge, die ich beim Surfen herausfinden muss, ich werde also niemanden mehr belästigen.

Daniel war zufrieden mit seiner Entscheidung. Er würde einfach weiter seinen Träumen nachgehen, wie er es schon immer getan hatte.

Er schwamm zurück in Richtung Lagune, als er plötzlich eine Stimme hörte.

Er konnte sie kaum verstehen, aber es waren eindeutig Worte, die ihm jemand zuflüsterte.

Wer konnte das sein?

In seiner Verwirrung verlor Daniel das Gleichgewicht und wurde beinahe ans Ufer gespült. Wer rief da nach ihm? Die Stimme klang so vertraut, als würde er sie von jeher kennen. Er schaute um sich, doch er war eindeutig allein. Jetzt bekam er Angst. Verlangte die Einsamkeit – der Preis, den er für die Verwirklichung seiner Träume zahlte – ihren Tribut? War er verrückt geworden? Und dann hörte er die Stimme noch einmal. Doch dieses Mal war sie klar zu vernehmen:

Es kommt eine Zeit im Leben,
da bleibt einem nichts anderes übrig,
als seinen eigenen Weg zu gehen.
Eine Zeit, in der man die eigenen Träume
verwirklichen muss.
Eine Zeit, in der man endlich für die eigenen
Überzeugungen eintreten muss.

Daniel fühlte sich äußerst unbehaglich. Jemand, der offenbar seine Gedanken lesen und seine Seele durchleuchten konnte, kam da seinem größten Geheimnis auf die Spur.

»Wer bist du?«, fragte er.

»Ich bin die Stimme des Meeres.«

»Die Stimme des Meeres?«

»Ja, Daniel. Du hast etwas erreicht, das andere Delphine sich nicht einmal vorstellen können. Und jetzt werden sich die harte Arbeit und das lange, einsame Üben in der Brandung, bei dem du immer deinen Traum vor Augen hattest, endlich auszahlen.«

Und dann hörte Daniel Delphin jene Worte, die sein Leben ein für alle Mal verändern sollten:

»Du hast viel gelernt, Daniel, und jetzt wird dein Leben in eine neue Phase treten, in der du die Antwort auf deine Träume finden wirst.«

Die Stimme war klar und kräftig. Daniels anfängliche Angst war verschwunden, und er hörte die Worte nicht nur, sondern verstand sie auch.

»Ich habe schon seit einiger Zeit versucht, mit dir in Kontakt zu treten und dir in schwachen Momenten zur Seite zu stehen. Hab keine Angst mehr. Solange du deinen Träumen nachgehst, werde ich immer da sein, um dir zu helfen. Vertraue deinem Instinkt, achte auf die Zeichen, die dir auf deinem selbst gewählten Weg begegnen werden, und du wirst dir deinen Traum erfüllen.«

Die Stimme wurde langsam schwächer.

»Nein, warte bitte!«, flehte Daniel. »Ich habe noch ein paar wichtige Fragen. Wohin soll ich jetzt gehen? Wie kann ich wissen, was ich tun soll? Und wie soll ich den wahren Sinn des Lebens finden?«

Mit der sanftesten Stimme, die Daniel je gehört hatte, sagte das Meer: »Ich kann dir nur eines sagen, Daniel Alexander Delphin: Du wirst den wahren Sinn des Lebens finden, und zwar genau an dem Tag, an dem du auf der perfekten Welle geritten bist.«

»Auf der perfekten Welle? Was meinst du damit? Wie soll ich die finden?«

Und die Stimme des Meeres drang in Daniels Herz:

Gerade in der größten Verzweiflung
hast du die Chance,
dein wahres Selbst zu finden.
Genauso wie Träume lebendig werden,
wenn du am wenigsten damit rechnest,
wird es mit den Antworten auf jene
Fragen sein,
die du nicht lösen kannst.
Folge deinem Instinkt
wie einem Pfad der Weisheit,
und lass Hoffnung
deine Ängste vertreiben.

»Du bist auf dem richtigen Weg, Daniel«, sagte das Meer, »und jetzt muss ich gehen.«

Die Stimme verschwand.

Es dauerte eine Weile, bis Daniel begriffen hatte, welch ein Geschenk er soeben empfangen hatte. »Das Meer liebt mich genauso, wie ich es liebe«, dachte er, »und es hat all jene schönen Momente mit mir geteilt, genauso, wie ich es selbst immer empfunden habe. Jetzt wird es mich auch an seiner Weisheit teilhaben lassen.«

Und dieses neue Verständnis würde gewiss sein ganzes Leben verändern. Er wusste nicht, wohin diese Offenbarung ihn führen würde, aber er wusste, dass er sich nicht mehr einsam fühlen würde. Nicht, solange er seinen Traum verfolgte …

An diesem Nachmittag schwamm Daniel zurück

zu seinem Schwarm. Alle Delphine waren da und machten sich wie üblich über ihn lustig. »Seht mal«, sagten sie, »da kommt der Delphin, der nie erwachsen wird. Wie viele Fische hast du denn heute gefangen, Daniel?«

Aber Daniel war in Gedanken Lichtjahre von ihnen entfernt. Das Meer hatte ihn erleuchtet, und er war sich jetzt sicherer als je zuvor, dass er seinen Traum verwirklichen musste, jenen Traum, der ihm den wahren Sinn des Lebens zeigen würde.

Einige Monate waren vergangen, seit Daniel Delphin die Stimme des Meeres gehört und begriffen hatte, dass Träume dazu da sind, verwirklicht zu werden.

Inzwischen war seine Beziehung zum Meer immer enger geworden, und er hatte sich im Wellenreiten ungeheuer verbessert.

Er hatte herausgefunden, dass jede Welle, auf der er ritt, egal, ob groß oder klein, ihren eigenen Charakter hatte und ihr eigenes Ziel verfolgte. Ob er es nun mit einer sanften Welle an einem milden Tag oder mit einer drei Meter hohen, sich auf der ganzen Länge brechenden Welle zu tun hatte, Daniels Haltung war immer die gleiche: Aus jedem Manöver versuchte er, etwas zu lernen, und anstatt enttäuscht zu sein, wenn ihm etwas misslang, bemühte er sich stets, das Beste daraus zu machen, indem er seinen Fehler erkannte und alles daransetzte, ihn bei der nächsten Welle zu vermeiden.

In einer zwei Meter hohen Bilderbuchdünung mit ablandigem Wind hatte das Meer ihm, nachdem er eine Welle jämmerlich verfehlt hatte, eine Lektion erteilt:

Die meisten von uns sind nicht in der Lage,
über ihre Misserfolge hinwegzukommen;
deshalb gelingt es uns auch nicht,
unsere Bestimmung zu erfüllen.
Es ist leicht, für etwas einzutreten,
das kein Risiko birgt.

So setzte Daniel in die Tat um, was ihn das Meer gelehrt hatte; er wurde ein immer besserer Wellenreiter und hatte nun eine weitere Lektion gelernt.

Daniel Delphin nutzte sein neues Wissen, um auch den Problemen entgegenzutreten, die ihm in seinem sonstigen Leben begegneten, und er stellte fest, dass alles einfacher wurde.

Tief in seinem Herzen wusste er, dass er durch alles, was er mit dem Meer teilte, letztlich etwas Wichtigeres erreichen konnte, das geistig gesehen viel höher stand als alles, was er bisher gesehen oder erlebt hatte.

Er war auf der Suche nach jener perfekten Welle, die ihm eines Tages zeigen würde, worin der wahre Sinn seines Lebens lag.

So versuchte Daniel in den folgenden Tagen zu verstehen, wohin sein Traum ihn führte. Anstatt nur zu versuchen, möglichst gut zu surfen, horchte er jedes Mal, wenn er eine neue Technik beherrschte, die seinen Bewegungen noch größere Freiheit verlieh, in sein Herz hinein. Er gab sich die größte Mühe und achtete auf jedes Detail.

Er hatte begonnen, auf dem äußeren Riff, einem Teil der Insel, über den hinaus sich noch kein Delphin vorgewagt hatte und zu dem jedem Mitglied des Schwarms per Gesetz der Zugang verboten war, seine Experimente zu machen.

Just in dem Moment, als er vor lauter Verzweiflung schon aufgeben wollte, erinnerte er sich an die Worte des Meeres:

Es kommt eine Zeit im Leben, da bleibt einem nichts anderes übrig, als seinen eigenen Weg zu gehen …

Er dachte daran, wie er diese Worte der Weisheit zum ersten Mal vernommen hatte; aber jetzt erst machte sich die Erkenntnis in seinem Herzen breit, und er begriff, was das Meer ihm hatte sagen wollen.

Nun verstand er, wofür all das Üben und die vielen Stunden, in denen er an seiner Technik, seinem Selbstvertrauen und seiner Kraft gearbeitet hatte, gut gewesen waren.

Er musste den großen Sprung ins Unbekannte wagen, fort von der Sicherheit seines Riffs; dorthin, wo die Gesetze des Schwarms keinen Wert und keine Bedeutung mehr hatten. Um für sich den wahren Sinn des Lebens zu finden, musste Daniel Delphin alles hinter sich lassen, was ihn bisher eingeschränkt hatte.

»Jetzt verstehe ich!«, sagte er mit triumphierender Stimme. »Die perfekte Welle kommt nicht auf mich zu. Ich muss sie selbst finden!«

Diese neue Erkenntnis ließ Erinnerungen in Daniel hochkommen. Er dachte daran, wie er als Delphinjunges dem Delphinältesten gelauscht hatte, der davon sprach, was es bedeutete, das Riff zu verlassen. Mit feierlicher Stimme hatte er gesagt:

»Wir dürfen das innere Riff, das unsere Welt umschließt, nicht verlassen. Seit Anbeginn der Zeiten liegt es dort und hat uns immer vor den Gefahren geschützt, die jenseits davon drohen. Wir müssen die göttliche Entscheidung respektieren, indem wir das Gesetz achten.«

»Komisch«, dachte Daniel. Er hatte gelernt, den Delphinältesten und seine Überzeugungen zu respektieren und zugleich seinen eigenen Lebensprinzipien und dem, was das Meer ihn gelehrt hatte, zu folgen. Würde der Delphinälteste es respektieren, wenn er eine Entscheidung traf, die alle Grundsätze, nach denen das Leben des Schwarms geregelt war, über den Haufen warf?

Daniel rechnete nicht damit.

So beschloss er noch am selben Abend, niemandem zu erzählen, was er vorhatte und wohin er aufbrach. Er würde den Schwarm so still und heimlich verlassen, wie er es immer getan hatte, wenn er spät am Abend noch einmal zum Wellenreiten loszog. Nur würde er dieses Mal nicht zurückkehren. Der

Schwarm würde glauben, dass er, wie es ja alle prophezeit hatten, ertrunken war. Dass er dafür, ihren Rat nicht befolgt zu haben, mit dem Leben bezahlt hatte. Alle würden darüber reden, welche Konsequenzen es hatte, wenn man das Gesetz missachtete und sich nicht an die Regeln hielt.

Den Tag, an dem Daniel Delphin sein geliebtes Riff hinter sich ließ, würde er niemals vergessen. Er hatte seinen Weggang gut vorbereitet und war sicher, dass er auf jedes kleinste Detail geachtet hatte. Das Einzige, was ihn ein wenig betrübte, war der Gedanke, dass unter all jenen Fremden, aus denen sein Schwarm schließlich bestand, womöglich der eine oder andere Delphin doch traurig über die Nachricht seines angeblichen Todes sein würde, weil er tief in seinem Inneren geglaubt hatte, dass der verrückte Daniel vielleicht – und wirklich nur vielleicht – gar nicht so falschlag. Daniel fragte sich, ob er nicht doch noch ein bisschen bleiben sollte, nur für den Fall, dass es im Schwarm möglicherweise jemanden gab wie ihn, jemanden, der auch auf der Suche nach einem höheren Ziel im Leben war…

Vielleicht bedeutet Liebe auch lernen,
jemanden gehen zu lassen,
wissen, wann es Abschied zu nehmen heißt.
Nicht zulassen, dass unsere Gefühle dem
im Weg stehen,

was am Ende wahrscheinlich besser ist
für die, die wir lieben.

So brach Daniel an diesem Abend auf zum äußeren Riff. Sein einziger Zeuge war der Vollmond, der schwer am Himmel hing, sein einziges Ziel die Erfüllung seines Traums. Er war ein wenig ängstlich, aber es hatte etwas Schönes, Herr seiner Ängste zu sein. »Es ist eine so herrliche Nacht«, dachte er. »Was soll da schon schiefgehen?«

Er war zufrieden mit sich, denn was auch immer geschehen mochte, er nahm wenigstens sein Schicksal selbst in die Hand. In dieser Nacht musste Daniel nicht nur gegen die Gezeiten und Strömungen kämpfen, sondern auch gegen seine eigenen Zweifel.

»Jetzt beginnt der harte Teil«, dachte er. Und er merkte, dass all die einsamen Stunden, in denen er sich geistig und körperlich vorbereitet hatte, ihm nun die Kraft gaben, nicht nur der Ehrfurcht gebietendsten aller Wellen, sondern auch seinem eigenen Schicksal entgegenzutreten.

Zweiter Teil

Am nächsten Morgen fand sich Daniel Alexander Delphin mitten in einem riesigen Ozean wieder. Da er nicht wusste, in welche Richtung er schwimmen sollte, ließ er sich einfach treiben.

Die Größe dieses Ozeans, der sich jenseits seiner kleinen Insel erstreckte, überwältigte ihn. Hier war kein Riff oder Land in Sicht. Er war ein wenig verzagt. Was nun, jetzt, da er so weit gekommen war und sich selbst bis zum Äußersten getrieben hatte? Gab es denn sonst gar nichts um ihn herum?

Trotzdem bereute er seine Entscheidung nicht. Die Angst, die er empfunden hatte, als er das Riff verließ, hatte sich gelegt, und jetzt, alleine inmitten dieser ungeheuren Weite, war er sicher, dass er den richtigen Weg eingeschlagen hatte, der zu einem Ort führte, von dessen Existenz er immer gewusst, obwohl er ihn niemals mit eigenen Augen gesehen hatte.

Während Daniel in solchen Gedanken versunken war, brach plötzlich neben ihm, wie von einer gewaltigen Kraft emporgeschleudert, eine ungeheure Wassermasse an der Oberfläche hervor. Unter der

Wasserfontäne erblickte er etwas Riesiges, das zehnmal so groß war wie er selbst. Er begriff sofort, dass er schon bei der geringsten Berührung zerquetscht werden würde.

Noch nie hatte er etwas Derartiges gesehen, aber er fühlte sich keineswegs ängstlich oder bedroht; merkwürdigerweise war es fast so, als sei plötzlich ein alter Freund aufgetaucht, unerwartet, aber willkommen.

»Wer bist du?«, fragte Daniel.

»Ich bin ein Buckelwal.« Der freundliche Riese schwamm weiter.

Daniel musste schnell schwimmen, um dicht bei ihm zu bleiben.

»Was machst du?«, fragte er.

»Ich ziehe nach Süden. Ich muss warme Gewässer erreichen, ehe der Winter einbricht.« Er wandte sich zu Daniel um. »Und du, was machst du hier mitten im Ozean?«

»Ich verfolge einen Traum«, sagte Daniel. »Ich habe vor einiger Zeit meinen Schwarm und meine Insel verlassen und bin auf der Suche nach der perfekten Welle, die mir zeigen wird, worin der Sinn meines Lebens liegt.«

»Alle Achtung vor deiner Entscheidung«, sagte der Wal. »Es war bestimmt schwer, deiner Welt den Rücken zu kehren, um einen Traum zu verfolgen.«

Er sah Daniel an. »Du musst sehr vorsichtig sein auf deiner Reise. Gib acht auf alles, was du tust und siehst, dann wirst du viel lernen. Es geht nicht nur darum, deine Bestimmung zu erfüllen, sondern auch um die Reise selbst, die dir zeigen wird, welche Bedeutung die perfekte Welle hat und wie du sie finden kannst.«

»Deine Weisheit ist groß«, sagte Daniel, »und ich danke dir, dass du mich daran teilhaben lässt.«

Er wollte den Wal gerade fragen, welche Richtung er einschlagen sollte, als plötzlich eine schwarze Silhouette am Horizont auftauchte. Sie schien dicht über dem Wasser zu schweben und spuckte Rauch und Asche in die Luft.

»Was ist das?«, fragte Daniel.

Der Wal begann zu zittern. Große Angst stand ihm plötzlich ins Gesicht geschrieben, und dann schwamm er ohne Ankündigung in hohem Tempo davon. »Wie kann ein so freundlicher Riese nur so ängstlich sein? Was mag jemandem, der so groß ist, einen solchen Schrecken einjagen?«, dachte Daniel. Er wurde plötzlich ganz traurig und bekam auch ein wenig Angst.

Daniel holte den Wal wieder ein und fragte ihn, ob er ihm helfen könne, doch der freundliche Riese schwamm einfach weiter. Ehe er Daniel verließ, sagte er aber noch:

»Hüte dich vor einem Geschöpf namens Mensch.«

»Was meinst du damit?«, fragte Daniel. »Ich kenne niemanden, der so heißt. Auf meiner Insel sind wir, von ein paar freundlichen Möwen einmal abgesehen, alle Delphine.«

»Hüte dich vor einem Geschöpf namens Mensch.« Das waren seine letzten Worte.

»Ob der Mensch wohl ein böser Delphin ist?«, fragte sich Daniel.

In dem Moment spürte er, dass das Meer erneut zu ihm sprechen wollte. Er hielt inne und lauschte:

Neue Welten zu entdecken wird dir nicht nur
Glück und Erkenntnis,
sondern auch Angst und Kummer bringen.
Wie willst du das Glück wertschätzen,
wenn du nicht weißt, was Kummer ist?
Wie willst du Erkenntnis gewinnen,
wenn du dich deinen Ängsten nicht stellst?
Letztlich liegt die große Herausforderung
des Lebens darin,
die Grenzen in dir selbst zu überwinden
und so weit zu gehen, wie du dir
niemals hättest träumen lassen.

Durch diese erste Begegnung mit einem Wesen, das nicht zu seiner Insel gehörte, erkannte Daniel, dass die Welt gar nicht so klein war, wie man ihm erzählt hatte. Seine Unwissenheit, so wurde ihm jetzt bewusst, rührte daher, dass er geglaubt hatte, was man ihn lehrte, ohne auch nur zu fragen, woher dieses Wissen stammte.

Seine Reise würde Daniel Delphin helfen, seinen Horizont zu erweitern und Dinge zu entdecken,

von deren Existenz der Schwarm nicht einmal geträumt hätte!

Dreißig Tage und dreißig Nächte lang reiste Daniel Delphin durch sein geliebtes Meer. Er schwamm von morgens bis abends und vertraute stets auf seinen Instinkt, während er nach den Zeichen Ausschau hielt, die ihn, wie das Meer es versprochen hatte, seiner Bestimmung entgegenführen würden.

Als er wieder den schwarzen Rauch am Horizont entdeckte, beschloss er, obwohl er sich noch gut an die Angst des Wales erinnerte, der Sache nachzugehen.

Während er sich der dunklen Silhouette näherte, bemerkte er, dass das Wasser immer trüber und schmutziger wurde. Ein Ölfilm begann an seiner Haut zu kleben. Tote Fische trieben vorbei. Dieser Anblick war so grauenvoll, dass ihm ganz schlecht davon wurde.

Zuerst wollte er seinen Augen nicht trauen; diesem riesigen Ding gelang es irgendwie, mithilfe einer Art Netz alle Fische aus dem Wasser zu holen. Einige davon dienten auch Daniels Schwarm als Nahrung, aber andere waren nicht einmal essbar!

Daniel sah ungläubig zu, wie auch einige tote Delphine ins Meer zurückgeworfen wurden.

Wie war so etwas nur möglich? Wer waren jene gefühllosen Geschöpfe, die ein so mörderisches Geschäft verrichteten?

Und dann erinnerte er sich wieder an die Worte des Wales: »Hüte dich vor einem Geschöpf namens Mensch.«

War dieses Wesen vielleicht Teil des Bösen, das – wenn man dem Delphinältesten Glauben schenkte – jenseits des Riffs existierte?

»Von nun an«, dachte Daniel, »werde ich sehr vorsichtig sein.«

Am nächsten Morgen gönnte sich Daniel eine Pause. Er war die ganze Nacht geschwommen, weil er sich so weit wie möglich von der schwarzen Silhouette, die alles Leben aus dem Meer sog, entfernen wollte.

Als er gerade seine Reise fortsetzen wollte, bemerkte er einen sonderbaren Fisch, der seinen Kopf aus dem Wasser heraus- und der Sonne entgegenstreckte.

»Wer bist du?«, fragte Daniel.

»Man nennt mich den Sonnenfisch«, erwiderte der Fisch.

»Was für ein lustiger Name«, dachte Daniel. »Was tust du, Sonnenfisch?«

»Nachts schlafe ich, und am Tage folge ich der Sonne. Seit ich lebe, versuche ich Tag für Tag, sie zu berühren, bisher leider ohne Erfolg. Aber ich weiß, dass ich es eines Tages schaffen werde.«

»Ist das dein Traum?«, fragte Daniel.

»Ja«, sagte der Sonnenfisch. »Ich habe immer davon geträumt zu erfahren, wie warm die Sonne wohl ist, wenn sie die ganze Welt am Leben erhält.«

»Ich glaube nicht, dass es dir jemals gelingen wird, die Sonne zu berühren«, sagte Daniel. »Du bist dazu geboren, im Meer zu leben, und wenn du es verlässt, wirst du bestimmt sterben.«

»Jeden Morgen geht die Sonne am Horizont auf, ganz gleich, was ich tue«, sagte der Sonnenfisch. »Ich spüre ihre Wärme, und diese Wärme erinnert mich an meinen Traum. Was würdest du denn in meiner Lage tun? Würdest du aus Angst vor dem Tod deinen Traum aufgeben, oder würdest du weiter versuchen, die Sonne zu berühren?«

Daniel konnte dieses wunderbare Geschöpf einfach nicht anlügen. »Ich würde weiter versuchen, die Sonne zu berühren«, sagte er.

»Dann werde ich sterben, während ich versuche, meinen Traum zu verwirklichen«, erwiderte der Sonnenfisch. »Das ist immer noch besser, als zu sterben, ohne es überhaupt versucht zu haben.« Er starrte Daniel an. »Hast du auch einen Traum?«

»Ja, die perfekte Welle zu finden, die mir zeigen wird, worin der Sinn meines Lebens liegt, wenn ich auf ihr reite«, sagte Daniel, und in seinen Augen glomm ein sonderbares Licht.

»Na, das ist ja mal ein Traum«, sagte der Sonnenfisch. »Aber ich glaube, ich kann dir helfen. Bei meinen Reisen durchs Meer ist mir aufgefallen, dass die Wogen immer aus Richtung Westen kommen, weil sie von starken Winden getrieben werden, die vom äußersten Rand des Ozeans herüberwehen. Dort wirst du die Welle finden, die du suchst. Warte einfach, bis die Sonne untergeht, und folge ihr dann auf ihrem Weg ins Meer.«

Daniel bedankte sich bei dem Sonnenfisch. Er war froh, an diesem Tag so viel erfahren zu haben.

»Wir haben alle Träume«, dachte er. »Nur dass manche unermüdlich darum kämpfen, ihre Bestimmung zu erfüllen, wie hoch das Risiko auch sein mag, während andere ihre Träume einfach ignorieren, aus bloßer Angst zu verlieren, was sie besitzen. Ihnen wird niemals bewusst, welchen Sinn ihr Leben eigentlich hat.«

Dem Rat des Sonnenfischs folgend, schwamm Daniel weiter gen Westen, immer auf die Stelle zu, wo Sonne und Meer sich bei Eintritt der Dunkelheit trafen, weil er tief in seinem Innern wusste, dass der Sonnenfisch eines jener Zeichen war, auf die zu hören ihm das Meer geraten hatte.

Es war nicht schwer für Daniel Delphin, dem Sonnenuntergang hinterherzuschwimmen. Die Evolution hatte ihn in Tausenden von Jahren mit der Fähigkeit ausgestattet, auch nachts zu sehen. Er konnte extrem hohe Töne entsenden, die von etwaigen Gegenständen vor ihm abprallten. So konnte er die Signale des Echos, das zu ihm hallte, entschlüsseln und sich aus den Klangwellen ein Bild machen. Daniel war dadurch in der Lage, auch im Dunkel der Nacht und in den Tiefen des Ozeans Gegenstände wahrzunehmen.

Er schwamm weiter nach Westen, als er plötzlich vor sich eine Gestalt ausmachte. Vorsichtig näherte er sich dem Wesen.

»Wer bist du?«, fragte er.

»Ich bin ein Hai, und eigentlich solltest du nicht mit mir sprechen. Wir essen Delphine. Du solltest Angst vor mir haben.«

»Was ich nicht kenne, fürchte ich nicht«, erwiderte Daniel.

Der Hai zögerte. Kein Delphin hatte ihm jemals so etwas entgegnet.

»Du solltest vorsichtig sein hier auf hoher See«, sagte der Hai. »Wo ist denn dein Schwarm?«

»Der fischt bestimmt in der sicheren Lagune unserer Insel.«

»Und was tust du hier ganz alleine, ohne deinen Schwarm?«

»Ich verfolge meinen Traum. Ich suche nach der perfekten Welle.«

»Und wo willst du die finden?«, fragte der Hai.

»Da bin ich mir nicht sicher. Ich weiß nur, dass ich in die richtige Richtung schwimme.« Er sah den Hai an. »Bist du auch ein Träumer?«

»Das war ich einmal«, sagte der Hai mit trauriger Stimme. »Das Leben war ungerecht zu mir. Es hat dafür gesorgt, dass alle Angst vor mir haben. Jedes Mal, wenn ich irgendwo auftauche, schwimmen alle anderen Geschöpfe davon, als koste es ihr Leben.«

»Das erinnert mich an meinen Schwarm«, sagte Daniel. »Jedes Mal, wenn ein Unwetter auf die Insel niedergeht, suchen alle Schutz in der Lagune. Das liegt an ihrer Angst vor dem Unbekannten. Sie merken nicht, dass man im Leben aus den schwierigsten Situationen die besten Lehren zieht.«

»Du hast keine Angst vor mir«, sagte der Hai.

»Ich habe keine Angst vor dir, denn wenn du mich umbringen wolltest, hättest du es schon längst tun können. Aber vor allem fürchte ich mich deshalb nicht vor dir, weil ich meinen Traum verfolge, weil ich weiß, dass ich meine Bestimmung erfüllen muss.«

»Ich wünschte, ich könnte träumen wie du«, sagte der Hai.

»Na, dann fang doch wieder damit an. Denk einfach wieder an deine Jugend. Erinnere dich daran, welche Gedanken dir früher nachts den Schlaf geraubt haben.«

»Und was ist, wenn mir nicht mehr einfällt, wie man träumt?«, fragte der Hai.

»Wenn du etwas von ganzem Herzen willst«, sagte Daniel, »dann können dich nur deine eigenen Ängste aufhalten.«

»Willst du damit sagen, dass ich wieder anfangen kann zu träumen?«

»Wie jedes andere Geschöpf in dieser Welt«, antwortete Daniel.

»Danke«, sagte der Hai. »Ich werde wieder träumen.«

Er wollte schon davonschwimmen, da drehte er sich noch einmal um und fragte:

»Sagtest du nicht, dass du die perfekte Welle suchst?«

»Ja«, sagte Daniel.

»Nun, dann könntest du schon ziemlich dicht dran sein. Ich komme gerade aus dem Westen und habe gesehen, dass dort ein ganz schöner Seegang aufkommt. Vielleicht ist die Welle, die du suchst, ja dabei.«

Höre auf die Zeichen, hatte das Meer gesagt.

»Wie komme ich da hin?«, fragte Daniel.

»Halt dich weiter Richtung Westen und vertraue einfach deinem Instinkt«, sagte der Hai. »Und horch auf deine innere Stimme, denn die weiß genau, was du tun musst, um dir deinen Traum zu erfüllen.«

Zu diesem Zeitpunkt fehlte Daniel das Wellenreiten mehr als je zuvor. Er wurde langsam traurig in dieser Welt voller Fremder; er wusste ja nicht einmal, ob er seine wunderbare Insel jemals wiedersehen würde. Er hatte geglaubt, die Welt würde ihm lauter schöne Überraschungen bereiten, von denen er tatsächlich einige erlebt hatte, aber eben auch einige unangenehme.

In dieser Stimmung war ihm plötzlich fast danach, zu seiner Lagune zurückzukehren.

Doch wie versprochen war das Meer zur Stelle, um ihm zu helfen:

Träume bedeuten vielleicht
ein hartes Stück Arbeit.
Wenn wir versuchen, dem auszuweichen,
können wir den Grund,
warum wir zu träumen begannen,
aus den Augen verlieren,
und am Ende merken wir, dass der Traum
gar nicht mehr uns gehört.
Wenn wir einfach der Weisheit unseres Herzens
folgen, wird die Zeit vielleicht dafür sorgen,
dass wir unsere Bestimmung erfüllen.
Denk daran:
Gerade wenn du schon fast aufgeben willst,
gerade wenn du glaubst, dass das Leben
zu hart mit dir umspringt,
dann denk daran, wer du bist.
Denk an deinen Traum.

Daniel war froh zu wissen, dass er, solange er weiter darum kämpfte, seinen Traum zu verwirklichen, niemals allein sein würde. So schwamm er weiter auf der Suche nach einem Ort, an dem er sich ein wenig ausruhen konnte.

Daniel sah, wie der alte Delphin von Westen herankam. Ruhig schwamm er durch die Weite des friedlichen, blauen Meeres.

Daniel schwamm auf ihn zu.

Da bemerkte der alte Delphin Daniel.

»Wie heißt du?«, fragte er ihn mit sanfter Stimme.

»Ich bin Daniel Alexander Delphin.«

»Und was tust du so allein mitten im Ozean, Daniel Delphin?«

»Ich verfolge meinen Traum.«

Sofort veränderte sich die Miene des alten Delphins.

»Bist du derjenige, der die perfekte Welle sucht?«, fragte er. Er sprach diese Worte mit ruhiger, kräftiger Stimme.

Daniel konnte nicht glauben, was er da hörte.

»Woher weißt du das?«

»Aus dem gleichen Grund, aus dem wir beide wissen, dass das Leben aus mehr besteht als nur aus Fischen und Schlafen«, sagte er. Dem alten Delphin versagte plötzlich die Stimme.

»Warum weinst du?«

Er sah Daniel fest an: »Ich weine, weil ich glücklicher bin als je zuvor. Nach so vielen Jahren habe ich mir endlich meinen Traum erfüllt.«

»Was meinst du damit?«, fragte Daniel, der ihn nicht verstand.

»Ich war einmal genauso jung und stark wie du, Daniel«, sagte der alte Delphin. »Vor langer Zeit war ich ein Träumer wie du und stellte mir Fragen über das Leben, die mir nachts den Schlaf raubten.«

»Was ist passiert?«

»Eines Tages habe ich aufgehört zu träumen. Ich

habe auf das Gesetz des Schwarms gehört anstatt auf die Stimme meines Herzens. Und ich habe angefangen, mich alt zu fühlen.

Aber mit dem Alter werden wir klüger«, setzte der alte Delphin seine Rede fort. »Und so kam der Tag, an dem mir klar wurde, dass ich jetzt endlich meinen Traum ausleben musste, auch wenn ich mir gar nicht sicher war, ob ich es schaffen würde. Ich hatte in meinem Leben schon zu viel Zeit vergeudet und war müde. Aber ich spürte auch, dass ich nicht länger bei meinem Schwarm bleiben konnte, und so beschloss ich, trotzdem zu versuchen, meinen Traum zu verwirklichen.

Vor vielen Jahren habe ich mich auf die Reise gemacht und gelernt, dass es, je früher man beginnt, der Stimme seines Herzens zu vertrauen, umso einfacher ist, seine Träume zu verfolgen.

Vor einiger Zeit«, fuhr der alte Delphin fort, »durchquerte ich den Ozean. Ich war verwirrter als je zuvor und dachte, dass die Idee, in meinem hohen Alter noch einen Traum zu verfolgen, ein Fehler war und dass es besser für mich gewesen wäre, beim Schwarm zu bleiben und auf meinen Tod zu warten.« Er starrte zum Himmel hoch. »Ich war schon so weit, aufzugeben und umzukehren, da hörte ich eine Stimme.« Er wandte sich wieder zu Daniel: »Ich vermute, du hast sie auch schon gehört.«

»Ja«, sagte Daniel. Er war glücklich, dass er zum ersten Mal in seinem Leben sein Geheimnis mit je-

mandem teilen konnte, der sich nicht über ihn lustig machte. »Die Stimme des Meeres …«

»Ja«, platzte der alte Delphin voller Freude heraus. »Sie hat mir gesagt, dass es besser sei, auch noch im hohen Alter seinen Träumen zu folgen, als es gar nicht zu tun.« Er holte tief Luft. »Jetzt kann ich in Frieden weiterziehen«, sagte er, und eine seltsame Aura umgab ihn dabei.

»Du hast mir noch nicht erzählt, wovon du eigentlich träumst«, sagte Daniel.

Der Alte sah Daniel an. »Mein Traum war, einen jungen Delphin zu treffen, der mich an die Zeit erinnern würde, in der ich selbst ein Träumer war«, sagte er, »und ihm zu raten, diese Chance in seinem Leben nicht zu vertun, egal, wie groß oder wie klein sie ist. Und ihm dabei zu helfen, sich seinen Traum zu erfüllen.«

»Was meinst du damit?«, fragte Daniel. »Wie willst du mir dabei helfen, dass sich mein Traum erfüllt?«

»Ich komme gerade aus dem Westen, Daniel Delphin«, sagte er, »und ich habe die Dünung gesehen, in der du auf der perfekten Welle reiten wirst, jener Welle, die dir den wahren Sinn des Lebens zeigen wird. Nichts von all dem, was ich auf meinen vielen Reisen gesehen habe, ist mit dem, was du sehr bald erleben wirst, auch nur vergleichbar.«

Er drehte sich um, und Daniel sah seine Augen. Sie leuchteten wie Sterne am Himmel.

»Es ist keine sehr starke Dünung«, sagte der alte Delphin, »aber für dich wird sie etwas ganz Besonderes sein …«

Dritter Teil

Am vierzigsten Tag, seit Daniel seine Insel verlassen hatte, hörte er bei Sonnenuntergang ein vertrautes Geräusch, das ihn sogleich in große Erregung versetzte. Ob es wirklich das war, was er annahm?

Es war lange her, dass jener Zauber ihn das letzte Mal gepackt hatte, und so schwamm er in die Richtung, aus der das Tosen kam.

Er wollte seinen Augen nicht trauen. Zweihundert Meter vor ihm türmte sich das Wasser über einem Riff, wie er es imposanter zuvor noch nie gesehen hatte, zu gewaltigen, hohl brechenden Wellen, die jedes Mal einen verlockenden Tunnel bildeten.

Die Größe der Wellen konnte er kaum einschätzen, aber seine Erfahrung sagte ihm, dass es eine sehr beachtliche Brandung war. Ohne zu zögern, schwamm Daniel auf das Riff zu und erwischte eine erste Welle. Bis die Nacht endgültig hereinbrach, war er einige Male gesurft und fühlte sich wieder quicklebendig.

In seiner Begeisterung hatte Daniel gar nicht wahrgenommen, wo er überhaupt gelandet war. Das Riff war die Verlängerung einer gewaltigen Felsenküste, die wohl zu einer Insel gehörte, die größer war als alles, was er jemals gesehen hatte.

Jetzt, da die Dämmerung den Himmel verdunkelte, bemerkte Daniel auch, dass Hunderte von Lichtern die Küste der Insel erleuchteten. Einige von ihnen bewegten sich nicht, während andere sich in einer Reihe hintereinander herschoben, bald verschwanden und bald wieder auftauchten. Das überraschte ihn wirklich sehr. Er war an die Dunkelheit der Nacht gewöhnt und hatte gelernt, Mond und Sterne, die am Himmel leuchteten, zu lieben.

Es war ein langer Tag gewesen, und Daniel war sehr müde. Er würde erst am nächsten Tag versuchen herauszufinden, was diese Lichter waren; jetzt war es am wichtigsten, gut zu schlafen und sich morgen früh als Erstes in die Wellen zu stürzen.

Daniel lächelte: »Ich fühle mich so, als würde ich morgen zum ersten Mal in meinem Leben wellenreiten, so lange ist es schon her. Ich bin schon zehntausend Mal gesurft und werde es wahrscheinlich auch noch zehntausend weitere Male tun. Ich weiß genau, dass ich es trotzdem nie satthaben werde – warum nur?«

Es gibt Dinge, die du mit den Augen nicht
sehen kannst.
Du musst sie mit dem Herzen sehen,
und das ist das Schwierige daran.

Wenn du zum Beispiel in dein Inneres blickst
und spürst,
dass dort ein junges Herz schlägt,
werdet ihr beide mit deinen Erinnerungen
und seinen Träumen losziehen
und einen Weg durch jenes Abenteuer,
das man Leben nennt, suchen,
stets bestrebt, das Beste daraus zu machen.
Und dein Herz wird niemals müde werden
oder alt …

»Wenn wir alle das, was wir tun, genauso angehen könnten, hätte unser Leben einen tieferen Sinn«, dachte er.

An diesem Abend ging Daniel schlafen, wie Träumer es tun: den Blick voller Spannung auf die Zukunft gerichtet, das Herz überbordend vor Freude.

Er wusste, dass er am nächsten Tag wunderbar surfen würde, und dann wusste er gar nichts mehr.

Er schlief sofort ein.

Mit den ersten Sonnenstrahlen wachte er auf.

Auf den ersten Blick sah die Küste, die er am Abend zuvor entdeckt hatte, völlig anders aus. Die Lichter waren verschwunden, dafür standen gewaltige Gebäude am Rand der Klippen. Er nahm an, dass irgendwelche Lebewesen sie errichtet hatten, denn ihm war so, als bewege sich etwas an Land.

Sollte er versuchen herauszufinden, was da vor sich ging?

Auf keinen Fall, beschloss er. Er war mit einem klaren Ziel von weit her gekommen: in Erfahrung zu bringen, wer er war und wohin er ging, und durch die perfekte Welle den Sinn des Lebens zu finden. Das war sein Traum. Und so steuerte er wie geplant auf das Riff zu, um sich an diesem zauberhaften Ort, den er gefunden hatte, zum ersten Mal in die Wellen zu stürzen.

Die Dünung war offenbar in der vergangenen Nacht am stärksten gewesen, trotzdem gab es noch genug Wellen, auf denen man reiten konnte. Von der Küste her wehte ein leichter Wind, das Wasser war warm und auch die Luft. Mit so einer Brandung, die an die zwei Meter hochschlug, herrschten ideale Bedingungen.

Daniel erwischte seine erste Welle und merkte, dass sie sehr schnell hochschlug, ehe sie im flachen Wasser hohl über dem Riff brach. Er musste gehörig aufpassen, um nicht gegen die rasiermesserscharfen Felsen des Riffs zu prallen. Die nächste Welle würde er sehr früh nehmen und parallel zum Ufer abreiten. Der erste Wellenabschnitt hatte großen Schub, und er musste kräftig paddeln, um sie zu erreichen. Dann baute sich die Welle zu einer massiven, aber langsam voranrollenden Wand auf, an der er extreme Manöver ausprobieren konnte. Schließlich schloss die Welle ihn im letzten, sich überschlagenden Stück des

Tunnels ein, sodass er das Gefühl bekam, selbst ein Teil des Meeres zu sein …

Es war ein so faszinierendes Erlebnis, dass Daniel, wie immer beim Wellenreiten, jedes Zeitgefühl verlor. Immer wieder schwamm er zu seiner Ausgangsposition zurück und warf sich in die Wellen, bis er vollkommen erschöpft war.

Daniel Delphin war so glücklich wie seit Langem nicht mehr. Endlich hatte er etwas gefunden, das all seine Bemühungen wert war. Jetzt spürte er mehr als je zuvor, dass es richtig gewesen war, den Schwarm und die Insel zu verlassen, um seinen Horizont zu erweitern.

Durch unsere Entscheidungen
definieren wir uns selbst.
Allein durch sie können wir unseren Worten
und Träumen
Leben und Bedeutung verleihen.
Allein durch sie können wir aus dem,
was wir sind,
das machen, was wir sein wollen.

Die Stunden vergingen wie im Flug. Daniel wusste zwar nicht, wie lange er schon auf den Wellen ritt, aber er begann, müde zu werden, und beschloss, noch eine letzte Welle zu nehmen und sich dann auszuruhen. Daniel nahm seine letzte Welle in Angriff, doch mitten in der Startphase verlor er plötzlich seine Konzentration und versank im Wellenhang. Er wusste, was nun passieren würde.

Die Welle brach über ihm zusammen und schleuderte ihn gegen den felsigen Grund. Er spürte, wie sein Schwanz und seine Flossen dagegenschlugen und sein Körper von einem Felsen zum nächsten prallte. Schließlich ließ die Welle ihn los. Zum Glück war er für dieses Mal ohne schwerere Verletzungen davongekommen.

Aber was hatte ihm die Konzentration geraubt?

Hatte er wirklich gesehen, was er meinte, gesehen zu haben?

Es war unmöglich, und so starrte er noch einmal hin.

Er konnte es nicht glauben. Fünfzig Meter von ihm entfernt, in derselben Brandung, erblickte Daniel Alexander Delphin ein sonderbares Wesen, das genauso auf den Wellen ritt, wie er selbst es tat, seit er denken konnte.

Der merkwürdige Surfer erwischte eine Welle und fuhr die gleichen Manöver, die Daniel sich in seinem Riff zu Hause erarbeitet hatte. Das Wesen war anders, aber sein Surfen war genauso schön …

Dann fiel ihm noch etwas auf. Es war nicht nur ein Wesen, sondern es waren zwei; offenbar waren sie gemeinsam gekommen, um diesen wundervollen Moment im Meer miteinander zu teilen. Die Art, wie sie surften, deutete darauf hin, dass sie schon einige Erfahrung hatten.

Wirklich, diese Geschöpfe kannten sich im Wellenreiten aus. Bei jeder neuen Welle vollführten sie eine Reihe von gewagten Manövern, die jeden anderen Surfer nur inspirieren konnten.

So beschloss Daniel, die beiden auf die Probe zu stellen. Als die nächste Serie von Wellen nahte, schnappte er sich die erste, glitt senkrecht an ihrem Hang hinab und machte am Fuß eine Wende. Sofort paddelte einer der beiden Surfer los, warf sich, als diese schon sehr steil war, in die nächste Welle und stürzte im freien Fall an ihrer Wand hinab. Daniel fuhr seine besten Manöver, ehe er aus der Welle hinausschwamm. Der sonderbare Surfer war Daniel ebenbürtig.

Jetzt blieb ihm nur noch eins: die beiden ansprechen: »Und wer seid ihr, woher kommt ihr?«

Daniels Frage wurde nicht beantwortet, aber die beiden Surfer begannen, sich miteinander zu unterhalten.

»Hast du den Delphin gesehen?«

»Natürlich. Ich könnte schwören, dass er die gleichen Manöver versucht hat wie wir.«

»Das kann doch gar nicht sein. Woher soll ein Delphin das können?«

Darüber ärgerte sich Daniel sehr. »Wofür halten die sich eigentlich? Die sollten doch wissen, dass ich noch viel mehr kann.«

Dann wurde Daniel plötzlich bewusst, dass diese merkwürdigen Geschöpfe die Sprache der Delphine nicht verstanden. Während er verstehen konnte, was sie sagten, konnten sie die akustischen Signale, die er entsandte, nicht entschlüsseln.

Er bemerkte außerdem eine gewisse Überraschung in ihren Augen, sie hatten keine Angst vor ihm; er spürte sogar, dass er ihnen willkommen war.

Dann sprachen die beiden Wesen weiter miteinander, und Daniel hörte ihnen zu:

»Dieser Delphin muss ganz schön viel Zeit in den Wellen verbringen.«

»Mensch, wenn wir so atmen könnten wie er, dann könnten wir es wahrscheinlich genauso lange draußen in den großen Wellen aushalten.«

»Hüte dich vor einem Geschöpf namens Mensch«, schoss es Daniel wieder durch den Kopf.

Er geriet in Panik. Dies waren die Geschöpfe, von denen er gehört hatte und die vermutlich verantwortlich waren für all die Zerstörungen, denen er auf seiner Reise begegnet war. Er brachte die Lichter auf den Klippen jetzt mit den Lichtern in Verbindung, die jene schwarze Silhouette erleuchtet hatten, die dicht über dem Wasser zu schweben schien, Delphine tötete und das Meer zerstörte.

»Ist dies das Ende meiner Reise?«, dachte er. »Werde ich jetzt sterben?«

Da sprach das Meer zu ihm:

Dort, wohin du gehst,
gibt es keine Wege, keine Pfade,
du kannst nur deinem Instinkt folgen.
Du hast die Zeichen beachtet
und bist endlich angekommen.
Nun musst du
den großen Sprung ins Unbekannte wagen und
selbst herausfinden:
Wer im Unrecht ist.
Wer im Recht ist.
Wer du bist.

Eine Stimme in Daniels Herzen sagte ihm, dass er, auch wenn er viel Schlechtes über dieses Geschöpf namens Mensch gehört und gesehen hatte, diesen beiden vertrauen konnte; denn er spürte, dass auch für sie das Wellenreiten eine Möglichkeit war, ihre Welt hinter sich zu lassen und ihre Träume auszuleben.

Daniel Delphin war so weit gekommen, weil er an sich selbst geglaubt hatte. Jetzt musste er ein weiteres Mal seinem Instinkt vertrauen. So blieb er noch eine Weile, denn er spürte, dass etwas ganz Besonderes geschehen würde …

Und dann sah er sie, sah, wie sie von Westen herannahte.

Es war die perfekteste Welle, die er jemals am Horizont hatte auftauchen sehen. Sie wälzte sich dem Riff entgegen, türmte sich auf, als sie den Korallengrund berührte, und bildete eine lange, hohl überfallende Wasserwand.

Daniel Delphin wusste, dass dies die Welle war, von der er geträumt hatte. Er schwamm los, um seine Startposition einzunehmen. Auch die anderen Surfer sahen die Welle und paddelten schnell an ihre Plätze.

Sie erwischten die Welle alle drei, glitten senkrecht an ihr hinab und machten im Wellental eine radikale Wende. Daniel war als Erster damit fertig und schleuderte seinen Körper wieder dem Wellenrand entgegen. Die anderen Surfer folgten ihm mit gewagten Richtungsänderungen und Manövern in der Gischt. Gegenseitig trieben sie sich bis zum Äußersten mit Manövern, die sie sich niemals zugetraut hätten. Während die perfekte Welle immer schneller voranrollte, begann sich das letzte Stück zu brechen, und die Surfer kamen der Erfüllung ihres Traums immer näher.

Sie brachten sich in Position und balancierten mit angehaltenem Atem zwischen Wellental und Kamm…

Langsam und immer tiefer wölbte sich der Wellenrand über ihnen, bis sie dort angelangt waren, wovon alle Surfer träumen: im Tunnel.

Es war so, als hätte sich endlich einmal die universale Sprache des Traums durchgesetzt. Denn unabhängig von ihrer Herkunft verstanden nicht nur Daniel Alexander Delphin, sondern auch die beiden anderen Surfer die Bedeutung dessen, was sie getan hatten.

Und das Meer sprach zu ihnen:

Einige Dinge werden immer stärker sein
als Zeit und Raum,
wichtiger als Sprache und Lebensart.
Zum Beispiel, deinen Träumen nachzugehen
und zu lernen, du selbst zu sein.
Mit anderen das wunderbare Geheimnis
zu teilen,
das du entdeckt hast.

Daniel Alexander Delphin hatte an sich selbst geglaubt und war auf seiner Reise allen Zeichen gefolgt. Jetzt war er endlich auf der perfekten Welle geritten und hatte dabei herausgefunden, worin tatsächlich der Sinn seines Lebens bestand: zu einer glücklichen und erfüllten Existenz zu finden, indem er seinen Traum verfolgte. Er hatte die Grenze überschritten, jenseits der Träume Wirklichkeit werden, eine Grenze, die nur sah, wer auf die Stimme seines Herzens hörte, und im Lichte dieser neuen Erkenntnis erschien Daniel Delphin sein Leben jetzt genau so, wie es sein sollte; und das gefiel ihm nicht nur, es begeisterte ihn …

Die nächsten Tage verbrachte Daniel mit den beiden anderen Surfern im Riff. Sie surften aus bloßer Freude an der Sache, lernten voneinander und tauschten ihre Erfahrungen aus.

Bis er dann eines Tages das Gefühl hatte, dass es Zeit war, heimzukehren. Nun konnte er zu seiner geliebten Insel zurückkehren, dorthin, wo seine Heimat war. Er hatte entdeckt, was er entdecken wollte; seine Suche war beendet. Es war Zeit, jene Wahrheit, die er herausgefunden hatte, an seinen Schwarm weiterzugeben.

Doch was würden die anderen Delphine denken, wenn sie ihn nach seinem vermeintlichen Tod wieder auftauchen sähen? Wahrscheinlich würden sie ihn für eine Art Geist halten, der von den Toten zurückkehrte.

Für Daniel Alexander Delphin, den Träumer, würde das eine lustige Anekdote werden. Er wusste, dass er ein Delphin war wie jeder andere, bis auf einen großen Unterschied: Er hatte beschlossen, seine Träume auszuleben, indem er an sich selbst glaubte.

An diesem Nachmittag hatte Daniel, ehe er sich vom Riff verabschiedete, das wunderbarste Surferlebnis, das sich ein Wellenreiter im Leben vorstellen konnte. Er ritt mit zwei Geschöpfen, die vollkommen anders waren als er selbst, auf denselben Wellen, empfand dasselbe Glücksgefühl wie sie und teilte dieselben Überzeugungen. Die drei wussten, dass sie immer recht gehabt hatten, auch als noch alles gegen sie sprach.

Daniel tauschte einen letzten Blick mit seinen Surferfreunden aus und sah in ihren Augen das Spiegelbild seiner Seele.

Er hatte für sich den Sinn des Lebens gefunden, indem er seinen eigenen Regeln gefolgt war, jenen Regeln, von denen der Schwarm ihm tausend Mal gesagt hatte, dass sie nicht funktionieren würden.

Jetzt wusste er endlich, dass alles, was er erreicht hatte, all seine Hoffnungen und all seine Träume, einen Teil seiner Persönlichkeit ausmachten, und er war froh darüber …

Nie würde Daniel Delphin den Tag vergessen, an dem er zurück in die Lagune seiner schönen Insel schwamm.

Es war der Vormittag eines warmen, sonnigen Tages, und als er nach so langer Zeit in seine geliebte Heimat zurückkehrte, vergoss er ein paar Tränen.

Der erste Delphin, der ihn erblickte, fiel fast in Ohnmacht.

Auf einmal geriet die ganze Routine des Inselalltags durcheinander.

War das wirklich Daniel, der im äußeren Riff verschollen war? War er denn nicht tot?

Ehe die anderen reagieren konnten, sagte Daniel zu ihnen:

»Ich habe euch vermisst, Freunde …«

»Aber du warst doch tot«, sagte jemand.

»Nein. Ich war nur in euren Augen tot. Ich habe eine Grenze überschritten, die eure eigene Blindheit errichtet hat, und so bin ich im Namen eures Gesetzes gestorben.«

Sein alter Freund Michael erhob die Stimme:

»Wir dachten, du seist tot, Daniel. Kein Delphin, der sich ins äußere Riff gewagt hat, ist jemals zurückgekehrt.«

»Was meinst du mit ›kein Delphin‹, Michael? Siehst du mich nicht? Ich bin weit über das äußere Riff hinausgeschwommen und trotzdem zurückgekehrt. Du hast gesagt, das sei nicht möglich, und es war doch möglich.«

»Wahrscheinlich, weil du jemand Besonderes bist. Jeder von uns, der es versucht hätte, wäre mit Sicherheit gescheitert.«

Daniel Delphin begriff, dass er – wollte er die anderen davon überzeugen, das Gleiche tun zu können wie er – beweisen musste, dass jeder von ihnen in seinem Leben schon einmal geträumt und diesen Traum tief in seinem Herzen vergraben hatte.

»Ist denn ein Delphin, der seine Träume ignoriert, nicht in seinen eigenen Ängsten gefangen?«, fragte Daniel.

Ein Raunen ging durch den Schwarm. Allmählich schlug die Stimmung um, und die anfängliche Überraschung der anderen Delphine verlor sich langsam.

»Aber das Leben ist doch auch so schon hart genug«, sagte einer von ihnen.

»Wer hat euch erzählt, dass ihr auf die Welt gekommen seid, um zu leiden? Ihr solltet immer träumen und niemals Angst haben.«

An diesem Morgen erzählte Daniel dem Schwarm von seinen Abenteuern jenseits des äußeren Riffs. Er erzählte ihnen, wie er gelernt hatte, den Zeichen zu folgen, indem er auf die Stimme seines Herzens hörte, und dass er einem Geschöpf namens Mensch begegnet war, das ihm gezeigt hatte, wie viel Gutes und wie viel Böses in uns steckte. Vor allem erzählte er ihnen aber von seinem Traum, dem Leben einen tieferen Sinn zu geben, und dass sich dieser Traum erfüllt habe. Und dass er ein Delphin mit den gleichen Ängsten und Hoffnungen sei wie jeder andere, bis auf einen Unterschied: Er hatte seinen Traum nicht aufgegeben.

Jemand sagte: »Du weißt doch genau, dass wir fischen müssen, um zu überleben.«

»Wir müssen alle dafür sorgen, am Leben zu bleiben«, sagte Daniel, »und daran ist auch nichts auszusetzen. Solange wir niemals vergessen, dass wir fischen, um ein erfülltes Leben zu führen und unsere Träume zu verwirklichen.«

»Willst du damit sagen, dass wir genauso glücklich sein können wie du?«

»Ich versuche, euch klarzumachen, dass ihr so glücklich sein könnt, wie ihr wollt. Ihr müsst nur träumen, damit ihr euch wieder daran erinnert, wer ihr wirklich seid. Es ist niemals zu spät, noch einmal von vorne anzufangen.«

»Zeig uns, wie man träumt, Daniel.«

Er sprach sehr langsam:

»Das wirkliche Geheimnis einer glücklichen, erfüllten Existenz liegt darin, dass man lernt, zwischen wahrem und falschem Reichtum zu unterscheiden. Das Meer, das uns umgibt, die Sonne, die uns Leben schenkt, der Mond und die Sterne, die am Himmel leuchten, all dies ist wahrer Reichtum«, sagte Daniel. »Es sind zeitlose Dinge, die man uns gab, damit wir niemals vergessen, welch ein Zauber uns umgibt; damit wir immer daran denken, dass unsere Welt voll von Wundern ist, die wir bestaunen sollten und die uns helfen können, unsere Träume wahr werden zu lassen.

Stattdessen haben wir uns eine eigene Welt errichtet, in der nichts als falscher Reichtum herrscht. Wir haben unsere Träume aufgegeben und akzeptiert, dass der Sinn des Lebens darin liegt, so viel zu fischen, wie wir können.«

Daniels Stimme wurde traurig.

»An diesem Punkt habt ihr aufgehört zu träumen. Ihr habt die wahren Reichtümer des Lebens genauso verleugnet, wie ihr mich verleugnet habt an jenem Tag, als ich zum äußeren Riff schwamm. Damit ist der Traum in euren Herzen gestorben und mit ihm all eure Hoffnung und Zuversicht. Ihr habt vergessen, wie man träumt, dabei war dies die einzige Verbindung zu eurem wahren Selbst. Und plötzlich war sie fort.«

Er sprach weiter: »Habt ihr jemals gesehen, wie ein Delphinjunges zur Sonne, zum Mond und zu den Sternen hochschaut? Es hält sie für etwas Magisches. Und wisst ihr, warum? Weil sie es in gewisser Weise auch sind. Ein junger Delphin hat noch Träume, und darum kann er noch Dinge sehen, die magisch sind, Dinge, die ihr nicht mehr sehen könnt. Genau das müsst ihr tun: träumen …«

An diesem Abend kam den Delphinen des Schwarms allmählich ihre Erinnerung zurück. Und als sie wieder träumen konnten, begannen sie, die Welt um sie herum zu bestaunen, jene Welt, die schon immer da gewesen war. Damit hatte der Schwarm den Grundstein für ein glückliches, erfülltes Leben gelegt.

Am nächsten Morgen hatte sich auf der Insel etwas verändert.

Es schien ein normaler Tag im Leben des Schwarms zu sein, doch in den Herzen der Delphine hatte eine Revolution stattgefunden. Ihre Augen leuchteten wie Sterne, und sie wirkten viel glücklicher.

Eine neue Zeit der Hoffnung war angebrochen.

An diesem Spätnachmittag tummelten sich lauter Anfänger im Riff, die sich im Wellenreiten versuchten; und wer nicht surfte, genoss den letzten Schimmer des wunderbaren Sonnenuntergangs.

Endlich hatten sie ein wenig Zeit zum Leben gefunden.

Sie wussten wieder, wie man träumt.

Daniel Alexander Delphin führte ein langes, schönes Leben. Er hörte nicht auf, zu reisen und neue Welten zu entdecken, in unbekannten Riffs zu surfen und jeden Sonnenuntergang von Neuem zu bestaunen, das Leben voll auszuschöpfen und dabei immer weiterzuträumen …

Bis er eines Tages in der Weite seines geliebten Meeres verschwand.

Man munkelte, dass er von einer riesigen Welle verschlungen worden sei. Er kehrte niemals zurück.

Doch dieselben Delphine, die ihn Jahre zuvor verleugnet hatten, weil er gegen das Gesetz des Schwarms verstieß, akzeptierten sein Schicksal nun. In ihren Herzen war die Idee des Traums herangereift, und sie wussten, dass es auch ihnen eines Tages gelingen würde, ihre Träume wahr werden zu lassen.

Sie wussten so sicher, wie Daniel es gewusst hatte, dass ihre Reise ins Land der Träume begonnen hatte.

Epilog

Michael Benjamin Delphin beschloss, dass er noch eine letzte Welle nehmen würde, ehe er zur Lagune zurückkehrte.

Nachdem er an ihrem Hang hinabgeglitten war, hatte er den schwierigsten Teil geschafft. Da die Welle nun langsamer wurde, blieb ihm nichts anderes übrig, als kehrtzumachen und zu warten, bis sie sich wieder steil vor ihm aufbaute.

Er bremste mit seiner Flosse ab und wartete darauf, dass der Rand der Welle sich krümmte. Langsam wölbte sie sich über ihm, und für den Bruchteil einer Sekunde verschwand er im Tunnel. Schließlich schoss er hoch über den Kamm hinaus und verließ die Welle.

Es war ein wunderbarer Tag zum Surfen gewesen, und er fühlte sich viel besser, jetzt, da er beschlossen hatte, sich in seinem Leben Zeit für die Dinge zu nehmen, die er liebte und von denen er träumte.

Er schwamm zurück in Richtung Küste, hielt aber noch einmal inne, um den wunderschönen Sonnenuntergang zu betrachten.

Seine Gedanken kehrten in die Vergangenheit zurück.

Er erinnerte sich, wie er vor langer Zeit immer mit Daniel gesurft war und wie er selbst stundenlang auf die Wellen gestarrt hatte und sich, versunken in seinen Träumen, hoch oben auf einer jener riesenhaften Wasserwände schweben sah.

Er wusste jetzt endlich wieder, wer er war; er hatte den wahren Michael Delphin, der in ihm steckte, wiedergefunden. Und er war froh darüber.

»In der Welt des Traums«, hatte Daniel einmal zu ihm gesagt, »ist alles möglich.«

Michael starrte zum Horizont und dachte dabei an seinen Freund.

»Eines Tages werde ich dich schon finden, Daniel«, sagte er zu sich selbst. »Dann werde ich dir das eine oder andere über das Wellenreiten beibringen!«

Er schwamm weiter auf die Küste zu. Der Mond stand hoch am Himmel, und die Sterne leuchteten heller als je zuvor.

Und dann hörte Michael Benjamin Delphin in der Weite des Ozeans zum ersten Mal die Stimme:

Es kommt eine Zeit im Leben,
da bleibt einem nichts anderes übrig,
als seinen eigenen Weg zu gehen …

Liebe Leserin, lieber Leser!

Mehr als zwanzig Jahre sind vergangen seit jenem sonnigen Morgen, an dem ich eine Entscheidung traf, die mein Leben veränderte. Ich saß gerade bei einem Geschäftstreffen an einem Ort fernab meiner Heimat, als ich die Stimme meines Herzens vernahm.

Ich erinnere mich immer noch daran, als wäre es gestern gewesen. An den Moment, als ich gegen alle Normen der Gesellschaft rebellierte, in der ich lebte, und schließlich die Kraft fand, das Leben so zu leben, wie ich es immer wollte. Meinen Träumen zu folgen, völlig authentisch zu sein, auf mein Herz zu hören, ohne darauf zu achten, was andere sagen, denken oder glauben könnten.

Ich hatte das Glück, durch die Welt zu reisen und sie dabei dreimal zu umrunden, als spiritueller Surfer der Seele den Wellen zu folgen. Ich wusste von Anfang an, dass das magische Vergnügen, das man im Gleiten auf der Welle verspürt, das Vergnügen, der Natur nahe zu sein, die ich mehr als alles andere liebte, nicht nur ein Moment des Glücks und der

Freude war. Es war eine Lebensphilosophie. Ein Lebensstil, den ich jeden Tag praktiziere und der mir Frieden, Ruhe und Stille gebracht hat, in diesem wunderschönen Abenteuer, das wir Leben nennen.

Ich habe gute und schlechte Momente erlebt, schöne und traurige Erfahrungen gemacht, wie es jedem Menschen im Leben passiert. Unabhängig von der Erfahrung oder dem Gefühl habe ich jedoch gelernt, mich lebendig zu fühlen, in guten und in schlechten Zeiten. *Ich habe gelernt, wirklich glücklich zu sein. So einfach und oft doch so schwer.*

Seit dem Tag, an dem ich diese Entscheidung getroffen habe, gibt es nicht einen Morgen, an dem ich nicht mit einem Lächeln auf den Lippen aufwache, nur glücklich über die Tatsache, am Leben zu sein. Meine Liebe zum Leben kennt keine Grenzen! Dennoch frage ich mich immer wieder, wie lange ich dieses wunderbare Gefühl des Friedens in meiner Seele und in meinem Herzen noch erleben darf. Und nach den vielen Fehlern in meinem Leben, aus denen ich stets versucht habe, die Lektion zu lernen, fällt mir eine Flutwelle von Antworten auf meine Frage ein: Wie war ich bloß fähig, diesen endlosen Zustand der Glückseligkeit zu erreichen?

Vielleicht liegt es daran, dass ich im Laufe meines Lebens gelernt habe, dass die Raupe, als sie dachte, sie würde sterben, in einen wunderschönen Schmetterling verwandelt wurde. Vielleicht liegt es daran, dass ich verstanden habe, dass aller Besitz nur geliehen ist. Vielleicht liegt es daran, dass ich gelernt habe, dass mein Glück darin besteht, für das dankbar zu sein, was ich erreicht habe, anstatt mich darüber zu beklagen, was mir fehlt. Vielleicht liegt es daran, dass ich es geschafft habe, Wörter wie Neid, Missgunst, Rache, Eifersucht und den Vergleich mit anderen für immer aus meinem Herzen zu verbannen. Vielleicht liegt es daran, dass ich gelernt habe, dass die Vernunft mich nichts gelehrt hat. Und alles, was ich gelernt habe, dank des offenen Buches des Lebens durch meine Seele und mein Herz auf mich übertragen wurde. Vielleicht liegt es daran, dass ich verstanden habe, dass alles vergänglich ist und die wahren Momente der Erleuchtung und des Glücks manchmal nur wenige Sekunden dauern können, während die Erinnerungen an sie für immer bleiben.

Vielleicht liegt es daran, dass ich gelernt habe, ein Leben zu führen, das auf Prinzipien und nicht auf Traditionen basiert. Dass ich erkannt habe, dass es manchmal besser ist, zu schweigen, dass man auch falschliegen darf. Wer nie im Leben einen Fehler gemacht hat, hat vielleicht auch nie etwas Einzigartiges ausprobiert, nie seine »Komfortzone« verlassen. Vielleicht liegt es daran, dass ich gelernt habe, dass derjenige, der ein Leben rettet, tatsächlich ein ganzes Universum rettet. Vielleicht liegt es daran, dass …

Ich muss aufhören. Ich habe noch Hunderte von Gedanken, die direkt aus meinem Herzen kommen und von den Narben, die meinen Körper und meine

Seele zeichnen. Sie sind stille Zeuginnen all der unglaublichen Abenteuer, die ich erlebt habe.

Ich fühle mich lebendiger als je zuvor!

Aber vielleicht ist es noch wichtiger als alles andere, dass ich entdeckt habe, dass zumindest für mich das Leben nicht aus den Plänen besteht, die ich für die Zukunft habe, sondern aus den Träumen, die ich im Hier und Jetzt, heute und jeden Tag, lebe. Ein unglaublicher Sonnenuntergang, das Lächeln eines Kindes, der Wind, der mein Gesicht streichelt, das Schwimmen mit Delphinen und Walen, das Surfen, allein in der unermesslichen Einsamkeit, in der ich mit meinem Bruder, dem Ozean, kommunizieren kann. Oder mit meinem Sohn am Strand zu spielen und sagen zu können, dass ich, wenn ich ihn lächeln sehe oder beobachte, wie er überrascht die Welt entdeckt, dasselbe fühle wie er: ein reines und unschuldiges Herz, das eines Tages verstanden hat, dass jedes einzelne Wesen allein auf diese Welt kommt und irgendwann auch allein gehen muss. Und das Einzige, was wir mitnehmen können, sind Erinnerungen und Träume, die zeigen, ob wir den wahren Sinn unseres Lebens erfüllen konnten. Früher oder später müssen wir alle uns dem Leben stellen, für das wir uns entschieden haben. Dieser Tag wird der glücklichste oder der traurigste Tag unserer Existenz sein. Aber die Wahrheit wird dich immer befreien, egal wie weh sie manchmal tut.

Immer meinen eigenen Weg zu gehen und niemals

dem Pfad zu folgen, den andere bereits geebnet haben, ist die wahre Herausforderung, um einzigartig und authentisch zu sein. Und mit allem zu brechen, was mich dazu zwingt, ein Leben zu führen, das nicht meines ist, nur aus Angst davor, was andere Menschen sagen und denken könnten. Dazu gehört auch, die gläserne Wand zu durchbrechen, die nur in meinem Kopf existiert, und dann neu anzufangen. Zu erkennen, dass es kein Lebewesen – ob groß oder klein – gibt, das der Welt nicht etwas zu geben hat. Zu verstehen und zu akzeptieren, dass ich als Mensch Fehler machen darf. Bescheidenheit und Demut. Totaler Respekt vor anderen. Und zu geben, ohne eine Gegenleistung zu verlangen oder zu erwarten. Das ist das Beste, was das Leben einem schenken kann. Loslösung von materiellen Dingen, die man für notwendig hält, die man aber nicht braucht, um das zu erreichen, was für mich das Wichtigste im Leben ist: *Zeit zu LEBEN*.

Wenn du Dinge mit Leidenschaft und Liebe tust, dein Bestes gibst, dann kommt der Rest von allein. Teile die Geschenke, die du empfängst, mit anderen, die nicht so viel Glück hatten wie du selbst.

Ich habe ein für alle Mal verstanden, dass ich, um bedingungslos zu lieben, zuerst lernen muss, mich selbst so zu lieben und zu akzeptieren, wie ich bin. Mich ganz anzunehmen und zu versuchen, jeden Tag ein bisschen besser zu werden. Wenn ich heute auf die Reise meines Lebens zurückblicke und den Weg betrachte, den ich gewählt habe und den ich trotz aller Stürme gegangen bin, kann ich sagen: *Ich bereue nichts. Das Leben gab mir mehr, als ich je zu träumen wagte. Was könnte ich mir noch mehr wünschen?* Ich bin der Mensch, der ich immer sein wollte. Das Kind, das gelernt hat, keine Angst vor der Angst selbst zu haben, als es mit fünf Jahren auf den Klippen von Lima saß, um einen Sonnenuntergang zu beobachten, den Wind zu spüren und die salzige Brise zu riechen. Eine Zeit, in der das Wort Angst noch nicht in mein Herz und meine Seele gepflanzt worden war.

Aber wichtiger als alles andere war, dass ich erfahren durfte, dass Millionen von Menschen aus allen Ecken der Welt sich gerade ebenfalls auf der Pilgerreise befinden, die ich in jungen Jahren begonnen habe.

Mögen deine Träume in Erfüllung gehen. Für immer!

Mit Liebe und Licht,

Von Sergio Bambaren liegen im Piper Verlag vor:

Der träumende Delphin
Ein Strand für meine Träume
Das weiße Segel
Samantha
Der Traum des Leuchtturmwärters
Stella. Ein Weihnachtsmärchen
Die Botschaft des Meeres
Die Zeit der Sternschnuppen
Der kleine Seestern
Die Rose von Jericho
Die Bucht am Ende der Welt
Die Blaue Grotte
Die Heimkehr des träumenden Delphins
Lieber Daniel
Die beste Zeit ist jetzt
Die Stunde der Wale
Die Weisheit deines Herzens
Das Leuchten der Wüste
Das Fenster zur Sonne
Der Klang der Stille
Der kleine Fuchs und der Träumer
Die Stimme des Meeres